Die besten Leselöwen Detektivgeschichten

Loewe

www.leseloewen.de

FSC
www.fsc.org
MIX
Papier aus verantwortungsvollen Quellen
FSC® C015559

ISBN 978-3-7855-8541-2
1. Auflage 2017

Umschlagillustration: Franziska Harvey
Umschlaggestaltung: Michael Dietrich
Printed in Poland

www.loewe-verlag.de

Inhalt

Zeltplatzmonster

Es war die erste Nacht im Zeltlager. Unruhig wälzte sich Janina von einer Seite auf die andere. Sie war es nicht gewohnt, auf einer Luftmatratze zu liegen. Außerdem war ihr Schlafsack viel zu dick. Draußen war es warm und im Zelt war es heiß.

Janina stöhnte. Hätte sie sich nur nicht von ihrer Freundin Kim überreden lassen, mit ins Zeltlager zu fahren. Dann würde sie jetzt in Italien am Strand liegen. Mit ihren Eltern. Und jeder Menge Spaghetti. Und Eiskrem. Und vor allem einem bequemen Bett.

„He, Kim, schläfst du schon?“, fragte sie leise.

„Wie denn?“, knurrte Kim. „Bei dem Lärm, den du veranstaltest!“

„Ich kann nicht einschlafen“, erklärte Janina. „Es ist viel zu heiß hier drinnen. Kann ich das Zelt kurz aufmachen?“

„Von mir aus“, sagte Kim.

Janina öffnete den Reißverschluss, klappte den Zelteingang zur Seite – und stieß einen Schrei aus.

Kim fuhr hoch.

„Was ist denn los?“, fragte sie erschrocken.

Janinas Augen waren vor Schreck weit aufgerissen. Sie zeigte auf ein gegenüberliegendes fremdes Zelt.

„Mo-Mo-Monster“, stotterte sie.

„Was?!“ Kim befreite sich aus ihrem Schlafsack und krabbelte zu ihrer Freundin.

Das Zelt gegenüber war innen hell erleuchtet. Aber sonst war nichts Ungewöhnliches zu sehen.

„Ist was passiert?“, fragte plötzlich jemand gähnend vom Zelt nebenan. Es war Max, einer der Betreuer.

„Nein, nein!“, rief Kim hinüber. „Es ist alles in Ordnung. Janina hat nur schlecht geträumt.“

„Ach so“, murmelte Max. „Na dann, schlaft schön.“

Janina warf Kim einen bösen Blick zu.

„Spinnst du?“, zischte sie. „Ich habe nicht geträumt! Ich weiß doch noch, was ich sehe!“

„Janina“, sagte Kim besänftigend. „Es gibt keine Monster. Vielleicht hast du ja doch nur getr…“

„Da!“, flüsterte Janina. „Da ist es wieder!“

Jetzt sah Kim es auch. Sie gab sich einen Ruck. „Los, komm, das sehen wir uns mal aus der Nähe an.“

Kim zog ihre Jogginghose und Turnschuhe an und kroch aus dem Zelt. Janina

blieb nichts anderes übrig, als ihrer Freundin zu folgen. Vorsichtig schlichen die beiden Mädchen hinüber zu dem fremden Zelt und legten sich hinter einem großen Baum auf die Lauer.

Aus dem Zelt ertönte leise Musik, und das Monster fing an, sich im Takt zu bewegen.

„Sieh nur, es tanzt!“, flüsterte Janina.

Tatsächlich! Ganz deutlich war der Schatten des Monsters an der Zeltwand zu erkennen. Es schien ständig seine Form zu verändern und wuchs oder schrumpfte in Sekundenschnelle.

„Was sollen wir tun?“, fragte Kim.

„Wir schleichen zurück und schauen uns das Zelt morgen früh mal etwas genauer an“, schlug Janina vor. „Im Moment scheint das Monster nicht sehr gefährlich zu sein.“

Sie stand auf, schlich auf Zehenspitzen davon – und trat gegen eine leere Getränkedose!

„Wer ist da?“, fragte eine fremde Stimme.

Janina und Kim erschraken, sie kreischten auf und klammerten sich aneinander fest.

„Hilfe, das Monster!“, schrie Kim.

„Ein Monster? Wo?“, rief die fremde Stimme.

Janina und Kim sahen sich verwundert an.

„Na, du bist das Monster“, antwortete Janina zaghaft.

„Ich?“, fragte die Stimme und lachte. Doch es war keine Monsterlache, sondern klang sehr menschlich. „Meint ihr etwa das hier?“

Im selben Augenblick erschien wieder der Schatten am Zeltdach. Janina und Kim zuckten kurz zusammen, doch dann siegte ihre Neugier. Vorsichtig warfen sie einen Blick in das fremde Zelt – und fingen plötzlich an zu lachen.

Auf dem Boden saß eine junge Frau. Sie hatte eine Taschenlampe zwischen ihre Beine geklemmt und machte mit ihren Händen Schattenspiele an der Zeltwand.

„Das ist ein Wolf“, sagte der Junge, der neben ihr auf dem Boden saß. Er war etwa so alt wie Kim und Janina.

„Richtig“, jubelte die Frau.

„Mama kann aber auch Häschen“, sagte der Junge kichernd zu Janina und Kim. „Wenn ihr wollt, zeigt sie euch bestimmt, wie es geht.“

Das ließen sich die beiden Mädchen nicht zweimal sagen. Schnell krabbelten sie in das Zelt hinein.

„Wir möchten aber lieber das Monster lernen“, sagte Janina lachend. „Oder sollen wir morgen Abend die anderen auf dem Zeltplatz etwa mit einem Häschen erschrecken?!“

Die Baumhaus-Detektive

„Unser Detektivbüro?“ Lotta grinst. „Ist doch klar, wo das ist: im Baumhaus natürlich!“

Lotta, Lars und Philipp sind jetzt nämlich Detektive. Nur ein Büro muss noch her.

„Meinst du etwa, die Leute klettern die Strickleiter hoch, wenn sie einen Fall für uns haben?“, fragt Lars verächtlich.

„Wir können ja unten am Baumstamm eine Glocke anbringen“, erklärt Lotta. „Und wenn es klingelt, kommen wir eben runter. So einfach ist das.“

Philipp nickt. „Klingt vernünftig“, sagt er. Und damit ist die Sache entschieden!

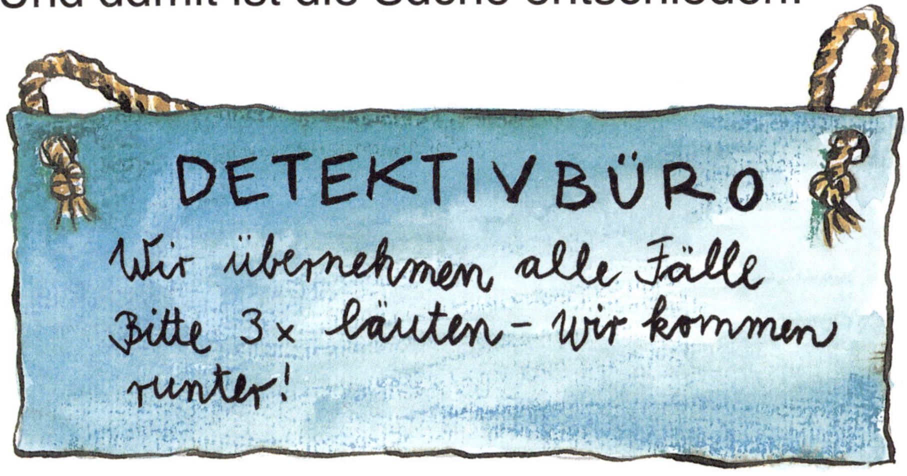

Gemeinsam schleppen die drei Detektive jede Menge Sachen ins Baumhaus: eine Lupe, Notizbücher, Klebeband. Lars hat sogar ein Fernglas zu Hause aufgetrieben.

„Jetzt haben wir ein echtes Detektivbüro", meint Philipp zufrieden. „Hoffentlich kommt bald jemand mit einem Fall zu uns!"

Den ganzen Nachmittag sitzen Lotta, Philipp und Lars oben im Baumhaus und warten. Alle Witze, die sie kennen, sind längst erzählt, als endlich draußen die Glocke läutet. Blitzschnell hangeln sich die Detektive die Leiter hinunter. Unten steht Frau Krause von nebenan.

„Ich brauche ein paar ausgefuchste Detektive", sagt sie. „Bei mir wird geklaut! Schon seit Tagen!"

„Geklaut?", fragt Lotta aufgeregt. „Was denn?"

„Kekse, jede Menge Kekse! Seit Tagen backe ich für den Kirchenbasar", erklärt

Frau Krause. „Aber immer, wenn ich einkaufen gehe, schleicht sich jemand ins Haus und stiehlt welche! Und das gleich tütenweise!“

„Wir fassen den Dieb“, beruhigt Philipp sie gelassen. Lieber hätte er zwar nach einem Juwelendieb gesucht, aber was soll's: Es ist ihr erster Fall. „Bitte zeigen Sie uns gleich mal den Tatort!“, sagt er und schnappt sich seine Lupe.

Frau Krause führt die Detektive in ihre Küche. Die ist frisch geschrubbt und blitzblank sauber.

„Hier sind ja alle Spuren weggewischt!“,

brummt Lars ärgerlich. „Wie sollen wir denn da den Dieb überführen?“

„Dann müssen wir eben das Haus beschatten“, schlägt Lotta vor.

„Genau“, meint Philipp und schaut auf die Uhr. „Wir fangen gleich morgen damit an. Ich muss jetzt nämlich nach Hause – zum Abendbrot.“

Am nächsten Tag treffen sich die drei Detektive wieder in ihrem Büro. Vom Baumhaus aus haben sie Frau Krauses Haus prima im Blick. Im Garten streicht Herr Krause den Zaun. Und in der Küche backt Frau Krause ihre Kekse. Den leckeren Keksduft können Lotta und die Jungs sogar bis ins Baumhaus riechen.

„Da krieg ich richtig Hunger!“, murmelt Lotta. „Vielleicht sollten wir auch ein paar Kekse klauen!“

„Achtung“, unterbricht Philipp sie. „Frau Krause verlässt das Haus.“

„Mit zwei leeren Einkaufstaschen“, ergänzt Lotta. „Kombiniere: Frau Krause geht einkaufen.“

„Jetzt müssen wir aber mächtig aufpassen“, wispert Lars.

Mit dem Fernglas beobachten sie die Küche. Auf einmal ist dort ein verdächtiger Schatten zu sehen: Da hat sich doch tatsächlich jemand hineingeschlichen!

Die Detektive umstellen sofort das Haus. Hier kommt keiner mehr raus!

„Wir haben den Dieb! Er ist noch drinnen“, rufen die Detektive, als Frau Krause mit vollen Taschen zurückkommt. Eilig schließt Frau Krause die Tür auf. Die Detektive stürmen ins Haus und stürzen sich auf den Mann in der Küche.

„Nicht doch!“, ruft der laut.

„Loslassen!“, ruft auch Frau Krause schrill. „Das ist kein Dieb, das ist nur mein Mann! Ihr seid mir vielleicht schöne

Detektive! Zu nichts zu gebrauchen! Raus mit euch!“ Und damit schiebt sie die Kinder unsanft zur Tür hinaus.

„Mist, den Fall sind wir los!“, flucht Philipp ärgerlich und tritt draußen so fest gegen die Mülltonne, dass der Deckel auffliegt.

„Guckt mal!“, ruft Lotta aufgeregt und zieht eine leere Tüte aus dem Müll. „Das ist eine von den Kekstüten.“

Philipp braucht nicht mal die Lupe, um die Fingerabdrücke zu entdecken. Denn die sind aus weißer Farbe.

„Das ist die Farbe vom Zaun!“, ruft Lars aufgeregt. „Da ist ja klar, von wem die Abdrücke sind!“

„Sie sind der Keksdieb, Sie allein!“, stellen sie Herrn Krause zur Rede, als er in den Garten zurückkommt.

„Ach was“, brummt er. Doch da hält ihm Philipp die Tüte unter die Nase. „Dieselbe Farbe haben Sie immer noch an den Händen! Das sind Ihre Fingerabdrücke!“

„Ja, ja, stimmt“, gibt da Herr Krause kleinlaut zu. „Euch kann man wirklich nichts vormachen. Ihr seid echte Meister-detektive!“

Lotta strahlt: „Finden Sie?“

„Aber ja“, nickt Herr Krause. „Zum Glück hat das meine Frau nicht bemerkt!“ Dann seufzt er. „Die Sache ist nämlich so“, erklärt er den Detektiven, „freiwillig gibt mir meine Frau nicht einen Krümel. Die

Kekse sind alle für den Basar. Und dabei sind sie doch so lecker. Hier!“ Herr Krause kramt eine volle Kekstüte aus seinem Overall. Die Detektive probieren und können Herrn Krause sofort verstehen.

„Verratet bloß meiner Frau nichts!“, fleht Herr Krause sie an. Er klingt richtig verzweifelt.

„Wieso sollten wir?“, grinst Lotta und nimmt sich noch einen Keks. „Ihre Frau hat uns den Auftrag gekündigt. Und schließlich bleiben die geklauten Kekse ja sowieso in der Familie.“

Der falsche Polizist

Max und Cindy wollen ein Geschenk für Paul kaufen. Ihr Freund hat sich zum Geburtstag eine CD gewünscht. Doch CDs sind ziemlich teuer. Deshalb haben die beiden beschlossen, ihm gemeinsam eine zu schenken.

„Hier, sieh mal, wie findest du die?“, fragt Max und hält eine CD hoch.

„Hmm“, macht Cindy. Aber sie schaut gar nicht hin und hört ihm auch nicht richtig zu. Ihre ganze Aufmerksamkeit gilt einem Mann in Uniform, der im nächsten Gang bei den DVDs steht.

„He, Cindy, träumst du?“ Max stupst seine Freundin an.

„Was?“ Cindy zuckt zusammen. „Nein, leider nicht. Siehst du den Mann da vorn?“

„Den Polizisten? Klar.“ Max nickt. „Was ist mit ihm?“

„Er hat gerade etwas eingesteckt“, behauptet Cindy.

„Wie, eingesteckt?“, fragt Max. „Du meinst …“

„Geklaut, genau!“ Cindy nickt. „Er hat einfach eine DVD in seiner Jacke verschwinden lassen.“

„Der Polizist?“ Max sieht sie ungläubig an. „Das kann doch nicht sein!“

„Ich hab’s aber gesehen“, beharrt Cindy. „Und das sag ich jetzt auch dem Verkäufer. Du bleibst hier und beobachtest den Dieb. Aber schön unauffällig, damit er nichts merkt!“

„Okay“, willigt Max ein, obwohl er Cindy die Geschichte nicht abkauft. Ein Polizist, der klaut – wo gibt’s denn so was?!

Der Verkäufer scheint Cindy ebenfalls nicht zu glauben. „Was?“, hört Max ihn nämlich rufen. „Ist das ein Trick? Die versteckte Kamera oder so?“

Schließlich kann Cindy ihn aber doch überzeugen und der Verkäufer folgt ihr zögernd in die DVD-Abteilung.

Das bemerkt auch der Mann in Uniform.

Etwas zu hastig legt er den kleinen Stapel DVDs zurück, den er schon eine ganze Weile in seinen Händen hält. Offenbar will er verschwinden.

Max folgt ihm, während Cindy und der Verkäufer versuchen, dem Polizisten den Weg abzuschneiden. Es klappt. Noch vor der Rolltreppe erwischen sie ihn.

„He, was soll das?“, beschwert sich der Mann in Uniform.

„Entschuldigen Sie“, sagt der Verkäufer

höflich. „Aber dieses Mädchen hat angeblich beobachtet, wie Sie etwas eingesteckt haben."

„Unglaublich! So eine Frechheit!", schimpft der Polizist sofort los und starrt Cindy böse an. „Was fällt dir ein, so eine Lüge zu erzählen?!"

„Ich lüge nicht", sagt Cindy ruhig. „Ich habe gesehen, wie Sie eine DVD eingesteckt haben."

Sie geht einen Schritt auf den Mann zu und zeigt auf seine Jackentasche, wo sie die DVD vermutet. Der Mann weicht ihr geschickt aus.

„Finger weg", sagt er drohend.

Plötzlich ist Max sich sicher, dass Cindy recht hat.

„Sie sind ein Dieb", sagt er überzeugt. „Warum sonst wollten Sie fliehen?"

„Ich bin kein Dieb, sondern Polizeihauptmeister Krause!", tobt der Mann.

„Und ich bin nicht geflohen, sondern habe einen Einsatzbefehl erhalten. Per Handy. Ihr haltet mich also gerade davon ab, einen echten Verbrecher zu fassen! Und Sie auch!“

„Aber nein“, sagt der Verkäufer erschrocken. „Es war doch nur ein Missverständnis. Die Kinder haben sich geirrt!“

„Haben wir nicht“, sagt Max und blickt den angeblichen Polizisten verächtlich an. „Sie sind nicht nur ein Dieb, sondern auch noch ein Lügner.“

„Oh Gott, Junge“, warnt ihn der Verkäufer. „Pass doch auf, was du sagst!“

„Ach was, der Typ ist niemals bei der Polizei“, meint Max siegessicher. „Ein Polizeihauptmeister hat nämlich vier grüne Sterne auf der Schulter. Er hat aber nur drei. Das ist also die Jacke von einem Polizeiobermeister. Ein echter Polizist wüsste das!“

„Verdammter Kerl!“, flucht der Dieb und versucht zu fliehen. Doch der Verkäufer ist kräftiger und kann ihn festhalten.

„Schade, es war so ein guter Trick“, jammert der falsche Polizist, als ihn wenig später zwei echte Polizisten abführen.

Max und Cindy dürfen sich zur Belohnung jeder eine CD aussuchen – zusätzlich zu der, die sie Paul schenken wollen!

Mogli, der Ausreißer

„Was ist denn hier los?“, wundern sich Antonia und Max.

Die beiden gehen jeden Tag nach der Schule in den Reitstall am Birkenwald. Entweder treffen sie ihre Freunde, oder sie haben Reitunterricht bei Gabi, ihrer Reitlehrerin. Und natürlich freuen sie sich immer auf die vielen Pferde, um die sie sich kümmern dürfen.

Aber heute ist alles wie ausgestorben. Nur Drolly und Baju stehen ganz verloren draußen auf der Weide.

„Das ist ja unheimlich!“, sagt Antonia.

„Vielleicht haben sich alle im Stall versammelt?“, überlegt Max.

Sie rennen hinüber zum Stall, aber weder dort noch in der Sattelkammer noch im Reiterstübchen ist jemand.

„Wirklich gruselig!“, findet Max.

„Was kann denn nur passiert sein?“, fragt Antonia.

In diesem Augenblick kommt Gabi mit schnellen Schritten um die Ecke.

„Wie gut, dass ihr hier seid!“, ruft sie atemlos. „Stellt euch vor, der freche Mogli ist ausgerückt. Das macht er ja öfters. Normalerweise ist er abends aber wieder da. Diesmal ist er jedoch nicht zurückgekommen.“

Gabi sieht sehr besorgt aus. „Ich mache mir große Sorgen, dass ihm etwas passiert sein könnte. Die anderen sind schon in Zweierteams losgeritten, um Mogli zu suchen. Norbert und Lisa, Janosch und Helena, Eva und Paula. Es wäre toll, wenn ihr beiden auch mithelfen könntet.“

Das muss sie Antonia und Max nicht zweimal sagen. Antonia sattelt Drolly, ihr Fjordpferd, und Max steigt auf Baju. Gabi erklärt ihnen noch, in welchem Gebiet sie suchen sollen. Dann reiten Max und Antonia in Richtung Wald.

In flottem Trab geht es los. Zum Glück kennen Antonia und Max den Birkenwald wie ihre Hosentasche!

Immer wieder rufen und pfeifen sie nach Mogli. Manchmal heben Baju und Drolly die Köpfe und spitzen ihre Ohren.

„Bestimmt finden unsere Pferde Mogli“, meint Max zuversichtlich.

„Aber wenn er gestürzt ist und irgendwo ganz alleine liegt?“, fragt Antonia. Sie streicht Drolly über den Hals. Dann nimmt sie die Zügel wieder auf. „Dort drüben haben wir noch nicht gesucht!“, schlägt Antonia vor.

Der Weg vor ihnen wird immer schmaler. Antonia und Max müssen Ästen und Zweigen ausweichen.

Mit einem Mal bleiben die Pferde wie angewurzelt stehen. Gleichzeitig hören Antonia und Max merkwürdige Geräusche. Ein Knacken und ein Stampfen.

„Hörst du das?“, flüstert Antonia.

Max nickt mit dem Kopf. „Sch, sch!“, macht er und legt den Finger an die Lippen.

Die beiden steigen ab und gehen mit den Pferden am Zügel auf das Gebüsch zu.

„Was für seltsame Spuren!“, sagt Max und zeigt auf die Erde.

Antonia betrachtet die riesigen Schlammlöcher. „Das sieht nach einem großen Tier aus. Vielleicht war das Mogli?“

In der Ferne knackt es wieder.

Antonia hebt den Kopf. „Schnell, hinterher! Wahrscheinlich hat er sich hier irgendwo verkrochen.“

Mit den Pferden am Zügel kämpfen sie sich durch das Gebüsch. Sie kommen schlecht vorwärts, denn der Boden ist sehr nass. Plötzlich stoßen sie auf eine kleine Lichtung.

„Da steht jemand!“, flüstert Max Antonia zu. Im selben Moment ertönt ein aufgeregtes Wiehern. Der Mann auf der Lichtung hält ein schwarzes Pony. Es hat eine weiße Blesse und wiehert seinen Stallgefährten zu. Mogli! Max und Antonia traben näher.

„Was macht ihr denn hier mitten im Wald?“, fragt der Mann die beiden. Es ist der Förster.

Max erklärt ihm, dass sie Mogli gesucht haben.

„Was für ein Glück, dann weiß ich ja endlich, wo das Pferd hingehört.“

Er erzählt ihnen, dass er Wildschweine gejagt hat. Doch statt der Schweine hat er Mogli gefunden.

„Dann waren das Wildschweinspuren, die wir gesehen haben!“, ruft Antonia und ist mächtig froh, dass sie den Wildschweinen nicht begegnet sind.

Als die beiden stolz mit Mogli im Schlepptau wieder am Stall ankommen und von seinem Wildschweinabenteuer erzählen, freut sich Gabi.

„Vielleicht überlegt Mogli es sich jetzt zweimal, bevor er das nächste Mal ausreißt!“

Aufregung um Cäsar

Mama hatte doch gesagt, Herr Maiwald wäre am Telefon immer sehr nett gewesen. Stirnrunzelnd betrachtet Elias den grimmigen, schwitzenden Kerl, der ganz und gar keinen netten Eindruck macht.

Herr Maiwald brummt: „Dann zeig ich Ihnen jetzt mal das Pferd." Und stapft voraus in Richtung Koppel.

Als Elias das schwarze Fohlen sieht, ist der unfreundliche Herr Maiwald sofort vergessen. Ist das wirklich wahr? Das ist sein Pferd? Sein echtes, lebendiges Pferd, das nur ihm gehört?

„Haben Sie das Geld in bar dabei?“, fragt Herr Maiwald und schaut auf seine Armbanduhr. „Ich habe nicht viel Zeit.“

Mama und Papa wechseln einen verwunderten Blick.

„Der Hengst hat ja noch kein Halfter auf“, sagt Papa. „Würden Sie uns bitte helfen, ihn zum Anhänger zu bringen?“

Herr Maiwald wischt sich den Schweiß von der Stirn. „Ein Halfter braucht das Pferd nicht. Das geht ohne.“

Mit diesen Worten trampelt er unwirsch auf die Koppel, nimmt sich einen Führstrick und geht mit schweren Schritten auf das Fohlen zu. Cäsar wiehert ängstlich und weicht zurück.

„Merkwürdig“, murmelt Papa. Dann schauen sie staunend zu, wie Herr Maiwald eine Schlaufe in den Strick knotet und den Hengst damit fängt wie mit einem Lasso.

An der einen Seite zieht Herr Maiwald, an der anderen Seite zieht das verzweifelte Fohlen. Es wiehert und stemmt seine Hufe in den Boden.

„Was machen Sie denn da?“, ruft Papa empört.

Elias merkt genau: Da stimmt etwas nicht. Er schleicht sich heimlich zu den Stallungen. Als er zu den Boxen kommt, hört er ein unterdrücktes Rufen, als hätte jemand einen Schal vor dem Mund. Wo kommt das nur her?

Die Pferde scharren unruhig in ihren Boxen und wiehern leise. Da! Durch das Holz vom allerletzten Stall dringt ein mattes „Hülpe!“.

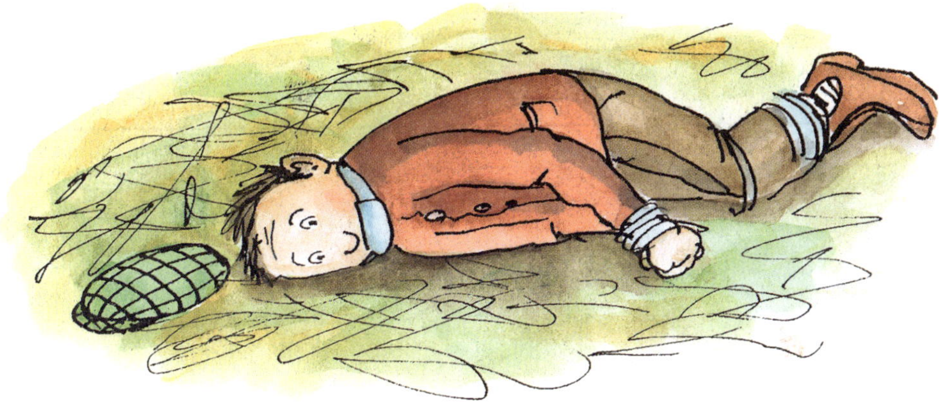

Elias schiebt die schweren Riegel beiseite und öffnet die Tür.

Im Dämmerlicht liegt ein gefesselter Mann mit einem Klebestreifen auf dem Mund! Elias wird es heiß und kalt auf einmal. Schnell läuft er zu ihm und befreit ihn. Der Mann japst nach Luft.

„Du hast mich gerettet“, keucht er und reibt sich die Handgelenke. Dann schaut er Elias an. „Ich bin Tobias Maiwald. Und du?“

„Elias Bender“, flüstert Elias. Sein Herz rast. Wenn das hier Herr Maiwald ist, wer ist dann draußen bei seinem Fohlen und seinen Eltern? Herr Maiwald zieht sein Handy aus der Tasche.

„Hallo, Polizei? Bitte kommen Sie schnell zur Pferdefarm. Mein neuer Stallgehilfe hat sich als Betrüger entpuppt und versucht gerade unrechtmäßig, eines unserer Fohlen zu verkaufen. Er hat mich gefesselt und geknebelt."

Bei dem Wort „unrechtmäßig" geht ein Stich durch Elias' Herz. Das bedeutet doch wohl nicht, dass der echte Herr Maiwald den kleinen Cäsar gar nicht verkaufen will? Hat Mama die ganze Zeit immer mit dem Betrüger telefoniert?

„Elias, lauf schnell zurück und halt ihn hin. Schaffst du das? Der Kerl darf nichts merken, sonst haut er ab."

Elias nickt und rast zurück zur Koppel. Dort kämpft der falsche Herr Maiwald noch immer mit dem armen Cäsar. Elias ist so aufgeregt wie noch nie in seinem Leben.

„He!“, ruft er. Verdutzt sehen sich alle nach ihm um. „Darf ich es mal versuchen?“

„Meinetwegen“, sagt der Betrüger. „Aber wenn du von diesem störrischen Biest zertrampelt wirst, ist es nicht meine Schuld!“

„Nicht, Elias!“, ruft Mama, aber da ist Elias schon über den Zaun geklettert.

Ganz ruhig geht er auf Cäsar zu. Langsam hebt er die Hand und streichelt dem Fohlen sanft über die Stirn. Es hat sich schon etwas beruhigt. Elias löst vorsichtig den Strick.

„Geben Sie mir jetzt endlich das Geld. Ich habe keine Zeit mehr“, herrscht der Betrüger Papa an.

„Ist ja schon gut“, sagt Papa. Er zieht seinen Geldbeutel aus der Hosentasche und in diesem Moment hört man die Polizeisirene näher kommen. Der falsche

Herr Maiwald sieht erschrocken hoch, schnappt nach Papas Brieftasche – aber da fällt von hinten ein Lasso über ihn. Elias hat ihn erwischt!

Er steht auf dem Zaun und hält mit aller Kraft den Strick fest.

Das Polizeiauto stoppt mit quietschenden Reifen und Herr Maiwald zeigt auf den Betrüger: „Das ist der Mann! Verhaften Sie ihn!“ Wild fluchend muss der falsche Herr Maiwald sich abführen lassen.

„Würde mir bitte mal jemand sagen, was hier los ist?“ Mama kapiert überhaupt nichts mehr.

„Darf ich mich erst mal vorstellen? Maiwald“, sagt Herr Maiwald. Und dann bittet er einen sprachlosen Papa und eine verdatterte Mama auf einen Kaffee ins Haus und erklärt ihnen alles.

„Und Cäsar?“, fragt Elias, als Herr Maiwald fertig ist. „Wollen Sie den gar nicht verkaufen?“

„Doch, natürlich!“, sagt Herr Maiwald und sieht genauso nett aus, wie Elias ihn sich immer vorgestellt hat. „Der Hengst gehört dir.“

Papa gibt das Geld nun dem richtigen Verkäufer. Und Elias bekommt seinen Cäsar, sein echtes, lebendiges Pferd, das nur ihm gehört.

Der Handy-Dieb

Gabi lag auf dem Bett und hörte ihre Lieblings-CD, als plötzlich im Zimmer nebenan eine Elefantenherde lostrampelte. Genau so hörte es sich an. Wütend ging sie hinüber und öffnete die Tür.

Das Zimmer ihres Bruders sah aus, als ob eine Räuberbande eine Woche lang darin gehaust hätte. Der Papierkorb und die Schultasche lagen ausgekippt mitten im Raum, das Bett war zerwühlt, der Schrank stand offen.

Marius selbst stand auf einem Stuhl vor dem Bücherregal und schien etwas zu suchen.

„Sag mal, was soll denn das?“, fragte Gabi genervt.

„Was soll was?“ Marius zog eine Handvoll Bücher hervor, schaute dahinter nach, stellte sie zurück und sprang vom Stuhl. Es dröhnte wie bei einem Erdbeben. Sogar die Fensterscheiben klirrten leise.

„Na, der Krach“, sagte Gabi und rollte mit den Augen. „Suchst du was?“

„Ja, mein Handy“, sagte Marius. „Es ist weg, einfach verschwunden.“ Er legte den Kopf schief und sah seine Schwester an. „Hast du es vielleicht genommen?“

„Ich?“, fragte Gabi. „Was soll ich denn mit deinem Handy? Ich hab doch selbst eins.“

„Ja, schon, aber vielleicht hast du es ja mit deinem verwechselt“, meinte Marius.

„Quatsch.“ Gabi ging in ihr Zimmer. Nur einige Sekunden später kam sie zurück. Mit ihrem Handy in der Hand. „Siehst du, das ist meins.“

„Na toll“, sagte Marius traurig.

„Hast du denn schon überall nachgesehen?“, fragte Gabi.

Marius nickte.

„Auch unterm Bett?“ Bevor ihr Bruder antworten konnte, warf Gabi sich auf den Boden, um selbst nachzuschauen. Eine Sekunde später bereute sie es bereits.

„Oh Mann, hier sieht’s ja aus wie auf einer Müllhalde“, stöhnte sie und stand schnell wieder auf, bevor sie dort unten festklebte. „So kommen wir nicht weiter, wir müssen logisch vorgehen.“

„Logisch?“, fragte Marius erstaunt. „Wie geht das?“

„Ganz einfach“, sagte Gabi und sah ihren Bruder an. „Überleg mal: Wann hast du das Handy zuletzt benutzt?“

„Hmm.“ Marius kratzte sich am Kopf. „Ich glaube, nachdem ich mit den Hausaufgaben fertig war. Genau. Ich hab das Handy eingeschaltet, weil ich Stefan eine SMS schicken wollte. Aber in dem Moment hat er schon an der Tür geklingelt. Ich hab das Handy zur Seite gelegt und ihm aufgemacht.“

„Und seitdem ist es verschwunden?“, fragte Gabi.

„Ja.“

„Und was hast du heute Nachmittag noch alles gemacht?“, wollte Gabi weiter wissen.

„Ich hab die CD gehört, die Stefan mir gebracht hat“, zählte Marius auf. „Ach ja, und dann war ich noch drüben bei Frau Michel im Garten und hab mit Max gespielt.“

„Mit ihrem Hund?“

„Ja, wieso? Ist das etwa verboten?“, fragte Marius.

„Nein, natürlich nicht“, sagte Gabi und überlegte. „Sag mal, hast du Max auch mit reingenommen?“

„Ja, aber nur kurz“, erinnerte sich Marius. „Ich hatte Durst, und Max auch. Ich hab ihm eine Schale mit Wasser hingestellt, in meinem Zimmer. Dann bin ich aufs Klo gegangen, und dann … Du meinst doch nicht etwa … Max?“

„Könnte doch sein“, sagte Gabi. „Vielleicht hat er dein Handy für einen Knochen gehalten und mitgenommen.“

„Oh Mann, wenn das stimmt … Los, komm mit!“

Marius und Gabi rannten zur Nachbarin hinüber und erzählten Frau Michel von ihrem Verdacht.

„Was soll mein Max denn mit einem Handy? Der hat doch noch nie telefoniert“, lachte sie. „Aber seht euch ruhig um.“

Das ließen Gabi und Marius sich nicht

zweimal sagen. Sie suchten unterm Rosenbusch, im Komposthaufen, zwischen den Salatköpfen, in den Blumenbeeten, am Teich und sogar im Geräteschuppen – jeden Zentimeter des Gartens nahmen sie genau unter die Lupe. Doch das Handy blieb verschwunden.

„Hier ist es nicht“, stellte Marius fest. „Max ist es wohl doch nicht gewesen.“

„Oder er hat das Handy vergraben“, sagte Gabi.

„Aber dann finden wir es ja nie wieder!“, rief Marius entsetzt.

„Keine Panik“, versuchte Gabi ihren Bruder zu beruhigen. Dann leuchteten plötzlich ihre Augen.

„He, ich hab die Idee!“, sagte sie. „Mann, dass ich da nicht eher draufgekommen bin.“

Sie nahm ihr Handy und tippte Marius’ Nummer ein. Wenig später klingelte es in der Hundehütte. Max jaulte erschrocken auf und flitzte bellend davon.

Marius hingegen war begeistert.

„Mein Handy!“, rief er. „Danke, Schwesterchen, du bist echt die Allergrößte!“

Das Filzstiftmonster

Seit zwei Wochen geht das Filzstiftmonster um. Bisher hat es keiner gesehen. Es scheint unsichtbar zu sein oder sehr geschickt. Es lässt nicht nur Filzstifte verschwinden. Es frisst auch Radiergummis, Wachsmalkreiden, Bleistifte und sogar Comichefte.

Einen unsichtbaren, gefräßigen Dieb zu fangen ist eine schwierige Aufgabe. Paule hat bereits alle Ecken des Klassenzimmers mit einer Lupe untersucht. Bisher hat er keine Spur entdeckt.

„Bist du sicher, dass es ein Monster ist?“, erkundigt sich Stephanie und rückt ihre Brille zurecht. „Es könnte doch auch jemand von uns sein, oder?“

Paule besteht darauf, dass es sich um ein Monster handelt. Er will gerade erklären, warum, da geschehen zwei Dinge gleichzeitig: Zuerst läutet es zum Unterrichtsbeginn und dann heult Mathias auf. Es hört sich wie eine Sirene an.

Sein Pausengeld ist verschwunden! Und nicht nur das Geld ist weg. Es fehlt auch der grüne Geldbeutel, der wie ein echter Frosch aussieht.

Mathias schreit vor Wut. „Das ist gemein! Richtig gemein!“

Als Frau Winter das Klassenzimmer betritt, sind alle damit beschäftigt, den Geldbeutelfrosch zu suchen. Nur Friederich, der Neue, nicht. Er sitzt still an seinem Platz.

Am eifrigsten sucht Anneke. Sie leert sogar die Schultasche von Mathias aus. Florian beobachtet sie nachdenklich.

Paule erklärt Frau Winter, was gerade geschehen ist.

Bisher hat sie gelächelt, wenn Paule vom Filzstiftmonster berichtete. Diesmal legt sie ihre Stirn mit den tausend Sommersprossen in Falten. Sie will wissen, ob Mathias den Geldbeutel vielleicht daheim vergessen hat und sich nur nicht daran erinnert.

Nein, nein! Mathias schwört, dass er eben noch auf dem Tisch lag. Dort türmen sich jetzt Bücher und Hefte, das Federmäppchen, die Buntstiftschachtel, zwei Kaugummis, ein Matchboxauto und ein Schokoriegel. Der Geldbeutel bleibt verschwunden.

„Das ist eine ernste Sache, Kinder", sagt Frau Winter. „Eigentlich müsste nun jeder seine Schultasche ausleeren, damit ich überprüfen kann, ob der Geldbeutel vielleicht den Besitzer gewechselt hat."

Anneke schnippt aufgeregt mit dem Finger. „Ich muss mal! Ich muss ganz doll!"

Kaum hat Anneke das Klassenzimmer verlassen, will auch Florian zum Klo. Paule wird misstrauisch, hebt die Lupe und blickt den beiden nach.

Als die zwei von der Toilette zurückkommen, schlägt Frau Winter vor, dass

das Filzstiftmonster nachher, wenn der Unterricht beendet ist und alle heimgegangen sind, zu ihr kommt und ihr den Geldbeutel übergibt. „Damit ist die Sache dann erledigt. Einverstanden?“

Alle sind einverstanden. Auch Paule nickt. Aber er hat einen Plan. Nach dem Schlussläuten legt er sich auf die Lauer.

Seine Spürnase sagt ihm, dass es drei Verdächtige gibt: Anneke, Florian und Friederich. Nicht umsonst will Paule, wenn er einmal groß ist, der beste Detektiv aller Zeiten werden.

Das Warten lohnt sich: Fünf Minuten

nachdem alle das Klassenzimmer verlassen haben, kommt Florian zurück.

Am nächsten Morgen prahlt Paule mit seiner Entdeckung. Als Frau Winter das Klassenzimmer betritt, weiß schon jeder, dass Florian der Dieb ist.

Ziemlich hochnäsig fragt Stephanie: „Warum bestrafen Sie den Florian nicht?"

Frau Winter lächelt geheimnisvoll. „Florian ist nicht der Dieb. Er hat mir den Geldbeutel nur im Auftrag des Filzstiftmonsters gebracht. Allerdings mit dem Versprechen, dass nichts mehr verschwinden wird. „Und wer ist nun das Filzstiftmonster?"

„Die Sache ist erledigt!" Frau Winter duldet keinen Widerspruch. Anneke dreht sich zu Florian um. Florian strahlt und Anneke wird rot bis über beide Ohren. Ohne Florians Hilfe hätte sie nicht gewusst, wie sie die Sache in Ordnung bringen soll.

Das Geheimversteck

Weil die Familie umgezogen war, musste Patrick in eine neue Schule gehen. Bald hatte er dort einen Freund gefunden: Tobias. Jeden Nachmittag zogen die beiden zusammen los, spielten Fußball oder kletterten auf Bäume.

Eines Tages zeigte Tobias seinem Freund die Schlucht. In der Mitte floss ein Bach. Links und rechts waren steile Hänge.

Die Jungen kletterten hinauf. Plötzlich entdeckte Patrick eine schmale Spalte im Felsen. Neugierig untersuchten die Jungen die Stelle.

„Eine Höhle“, sagte Patrick aufgeregt.

Die Öffnung war gerade groß genug, dass sie hindurchpassten. In der Höhle war es dunkel und es roch nach Moder.

„Hoffentlich entdecken wir kein Skelett“, flüsterte Tobias. Mit zitternden Fingern riss er ein Streichholz an.

Die Höhle war nicht besonders groß. Nach hinten wurde sie niedriger. Dort stand eine alte Holzkiste.

„Hier wohnt einer“, sagte Patrick erschrocken.

„Nicht mehr“, meinte Tobias. „Guck doch mal, wie viel Staub auf der Kiste liegt.“

Während er weitere Streichhölzer abbrannte, untersuchte Patrick die Kiste.

Er fand einen Kompass, eine alte Decke, ein rostiges Taschenmesser, uralte

Schuhe und eine Armbanduhr zum Aufziehen. Das Lederarmband war schon ganz brüchig. Patrick drehte an dem kleinen Rädchen und hielt die Uhr ans Ohr. „Mensch, die tickt sogar noch!

Solche Uhren hat man vor zwanzig, dreißig Jahren gehabt. Wem sie wohl gehört?“

Die Jungen grübelten. Wer hatte sich in der Höhle versteckt? Ein Mörder?

Ein Bankräuber? Ein entflohener Häftling? Sollten sie der Polizei von ihrer Entdeckung erzählen?

Tobias zündete das letzte Streichholz an. „Gleich stehen wir im Dunkeln."

„Dann gehen wir lieber", meinte Patrick. Die Armbanduhr nahmen sie als Beweis mit.

Zu Hause bei Tobias berichteten die Jungen aufgeregt von ihrem Fund. Tobias' Vater schaute die Armbanduhr lange an, dann musste er schmunzeln. „Jungs, der Verbrecher, der die Höhle als Unterschlupf benutzt hat, steht vor euch!"

„Du, Papa?“, fragte Tobias verblüfft.
„Die Höhle war eine Zeit lang mein Geheimversteck, als ich die Schule geschwänzt habe“, gestand der Vater. „Unser Lehrer war krank und wir bekamen einen furchtbar strengen Aushilfslehrer. Ich hatte eine Heidenangst vor ihm.

Anstatt zur Schule zu gehen, habe ich mich vormittags in der Höhle versteckt. Nach einer Woche ist die Sache dann rausgekommen. Ich hatte noch Glück." Er lachte. „Mein richtiger Lehrer war sehr verständnisvoll. Er hat bei meinen Eltern ein gutes Wort eingelegt."

Tobias' Mutter schüttelte den Kopf. „Das höre ich ja zum ersten Mal. Was bist du nur für ein Geheimniskrämer, Theo!"

Der sagenhafte Schatz

„Hier ist das Haus“, flüsterte Otto, der Krummbeinige. Er spähte durch die Fensterläden. „Wir haben Glück! Der alte Graubart ist allein daheim.“

Der langarmige Edgar rieb sich die Hände. „Ha, dann haben wir leichtes Spiel. Hoffentlich können wir den Schatz zu zweit tragen. Es wäre jammerschade, wenn wir etwas zurücklassen müssten!“

„Schschsch! Nicht so laut“, warnte Otto. Mit einem Brecheisen stemmte er die Haustür auf.

Die Tür war morsch und gab gleich nach. Auf Zehenspitzen schlichen die beiden Gauner durch den Flur ins Wohnzimmer. Dort saß der alte Pirat Graubart bei Kerzenschein vor einem Glas Wein und ordnete Fotos.

„Und das war das Schiff, das wir an der

Koralleninsel geentert haben. Das waren noch Zeiten!“ Er war so vertieft, dass er gar nicht merkte, wie sich Otto und Edgar von hinten anschlichen.

Otto bohrte dem Piraten einen Zeigefinger in den Rücken und Edgar hielt ihm ein großes Messer an den Hals. „Das ist ein Überfall! Hände hoch! Schreien ist zwecklos.“

Graubart hob langsam die Hände und starrte die Männer mit seinem linken Auge an. Das rechte war nämlich aus Glas.

„Ich nehme an, dass ihr nicht gekommen seid, um ein Glas Wein mit mir zu trinken“, murmelte er.

„Richtig erkannt, Graubart.“ Otto grinste. „Wir wollen den Schlüssel zu deinem Keller!“

Graubart seufzte. „Ihr wollt die Schatzkiste, die ich vor dreißig Jahren erbeutet habe.“

„Du bist wirklich ein schlaues Kerlchen“, lobte Edgar.

„Wollt ihr alles rauben?“, jammerte Graubart. „Ihr wisst doch, dass ich den Schatz für den Tag aufhebe, an dem ich einmal nicht mehr bin. Meine Erben sollen ihn bekommen, damit sie ein anständiges Leben führen können und kein Schiff mehr überfallen müssen.“

„Das ganze Dorf kennt diese Geschichte. Du erzählst sie seit dreißig Jahren – seit du diesen wunderbaren, sagenhaften

Schatz gefunden hast“, sagte Otto. „Jetzt her mit dem Schlüssel, aber dalli!“

Graubart langte in seine Hosentasche und reichte den Gaunern einen großen eisernen Schlüssel.

Otto grinste. „Na also. Komm, Edgar!“

Sie sperrten die Kellertür auf und stiegen die Treppe hinab. Es war stockfinster. Otto knipste seine Taschenlampe an und leuchtete den Weg. Sie tappten durch die Gewölbe, bis sie in der Waschküche landeten. Neben der Waschmaschine stand die Schatzkiste. Sie war riesig und aus dunklem Holz.

Ottos Augen funkelten. „Jetzt sind wir reich, Edgar!"

Das Schloss war für die geübten Einbrecher kein Problem. Dann stemmten sie den Deckel hoch. Er war so schwer, dass sie es kaum schafften. Erst beim dritten Versuch klappte es.

Otto leuchtete in die Kiste hinein. Sein Mund wurde trocken. „Siehst du auch, was ich sehe, Edgar?"

Edgar schluckte. „Leer", flüsterte er. „Keine Münze, keine Perle, keine Kette, nicht einmal ein Ring … Ist das möglich?"

„Dieser alte Halunke!", schnaubte Otto. „Er hält schon jahrelang das Dorf zum Narren! Nichts ist in der Schatzkiste, nicht mal ein Mäuseschwanz! So eine Pleite!"

„So eine Pleite", wiederholte Graubart, der plötzlich in der Tür stand. „Das dachte ich vor dreißig Jahren auch. Fünf Mann waren nötig, um die schwere Kiste aus

dem Wasser zu fischen und an Land zu schaffen. Wir haben drei Tage gebraucht, um das Schloss zu knacken. Und dann war die Kiste leer!“ Er grinste. „Wir schworen uns, dass niemand etwas von unserer Niederlage erfahren sollte. Deswegen verbreiteten wir das Gerücht von dem sagenhaften Schatz. Die anderen vier Kerle sind inzwischen tot. Ich bin der Letzte, der noch lebt. Ich hatte gehofft, dass die Kiste erst nach meinem Tod geöffnet wird. Doch jetzt seid ihr gekommen und habt mein Geheimnis erfahren. Was werdet ihr tun?"

Otto und Edgar starrten sich an. „Was sollen wir mit einer leeren Kiste anfangen?"

„Wir könnten höchstens Blumen reinpflanzen", brummte Edgar.

„Ich habe einen besseren Vorschlag", sagte Graubart. „Ihr kommt mit hoch, ich mache euch eine Pizza, und ihr vergesst einfach, was heute passiert ist."

„Keine schlechte Idee", sagte Otto. „Was meinst du dazu, Edgar?"

Edgar zuckte die Achseln. „Eine Pizza ist besser als ein Schatz, den es gar nicht gibt. Und meinetwegen kann das Geheimnis noch länger ein Geheimnis bleiben."

Haltet den Dieb!

Es ging alles unheimlich schnell! Daniel hatte gerade das Haus verlassen und sein Fahrrad an der Straße abgestellt, als er plötzlich einen Schrei hörte.

„Hilfe, meine Handtasche! Haltet den Dieb!“

Wenige Augenblicke später rannte jemand auf ihn zu. Daniel spürte einen kräftigen Stoß. Er stolperte rückwärts und ruderte dabei wild mit den Armen. Doch er konnte nicht verhindern, dass er hart auf seinen Hintern fiel.

Die Landung war ziemlich unsanft. Noch schlimmer aber war, dass der Handtaschendieb auch noch das Rad geklaut hatte. Daniel konnte es nicht fassen. Sein schönes Fahrrad, das er gerade erst mühevoll geputzt und geölt hatte, war in den Händen dieses gemeinen Diebes!

„Geht es dir gut? Hast du Schmerzen?“, fragte jemand.

Daniel schaute hoch. Ein Polizist beugte sich zu ihm herab und sah ihn besorgt an.

„Nein, alles okay“, sagte Daniel, obwohl sein Hintern schon etwas wehtat.

„Kannst du den Dieb beschreiben?“, fragte der Polizist.

„Leider nicht“, sagte Daniel bedauernd.

„Und Sie?“, fragte der Polizist die Frau, deren Handtasche gestohlen worden war.

„Ich weiß nicht, das ging doch alles viel zu schnell“, antwortete sie und fing leise an zu weinen.

„Hat jemand von Ihnen vielleicht etwas gesehen?“, befragte der Polizist die Passanten.

Aber die meisten schüttelten den Kopf. Nur ein Mädchen meldete sich. Es war ungefähr so alt wie Daniel.

„Ich kenne den Dieb“, sagte das Mädchen. „Ich weiß sogar, wo er wohnt!“

„Wirklich?“ Der Polizist zückte seinen Schreibblock. „Okay, dann mal ganz von vorn. Wie heißt du und woher kennst du den Mann?“

„Lissy“, sagte das Mädchen und erzählte, dass ihr großer Bruder bei einem Pizza-Service arbeitete. „Vor ein paar Tagen waren Mama und Papa im Kino und Bastian sollte auf mich aufpassen. Da hat er mich heimlich in seinem Pizza-Auto mitgenommen. Das dürfen Mama und Papa aber nicht wissen!“

„Versprochen“, sagte der Polizist. „Ihr habt dem Dieb also eine Pizza gebracht. Und du findest das Haus wieder?“

„Ganz bestimmt“, war Lissy überzeugt.

„Na, dann wollen wir mal“, sagte der Polizist. Er verfrachtete Daniel, Lissy und die bestohlene Frau in seinen Polizeiwagen und fuhr los. Ohne Blaulicht und ohne Martinshorn, denn er wollte den Dieb ja nicht vorwarnen.

Lissy führte ihn zielsicher durch die Straßen. Bis sie plötzlich „Stopp“ sagte und auf einen Hauseingang zeigte.

„Da wohnt er?“, fragte der Polizist. „Bist du sicher?“

„Ganz sicher“, sagte Lissy.

„Solche Zeugen liebe ich“, meinte der Polizist. Er stieg aus, ging zu dem Haus und klingelte.

Daniel folgte ihm. Er schaute sich aufmerksam um, doch von seinem Rad fehlte jede Spur.

Die Haustür wurde geöffnet. Ein junger Mann kam heraus.

„Was wollen Sie?“, fragte er unfreundlich.

„Sie werden beschuldigt, eine Handtasche und ein Fahrrad gestohlen zu haben“, sagte der Polizist. „Wo waren Sie vor ungefähr einer halben Stunde?“

„Hier“, sagte der Mann. „Ich habe geschlafen.“

„Gibt es dafür Zeugen?“

„Keine Ahnung, ich hab ja geschlafen!“ Der Mann grinste frech und Daniel hatte plötzlich Angst, dass er sein Fahrrad niemals wiedersehen würde. Doch dann fiel sein Blick auf die Hosenbeine des Mannes und jetzt grinste er.

„Der war's, ich kann's beweisen", raunte er dem Polizisten zu und erzählte ihm, dass er gerade erst die Kette an seinem Fahrrad geölt hatte. Dann deutete er auf die deutlich sichtbaren Ölflecken auf der Hose des Mannes.

„Gut gemacht, Kollege", sagte der Polizist und nahm den Dieb fest.

Daniel freute sich über das Lob, aber richtig glücklich war er erst, als er in der Wohnung des Mannes sein Fahrrad wiederfand. Heil, und vor allem: immer noch sauber!

Herr Mond

Vor wenigen Wochen waren Nina und ihre Familie umgezogen, in ein Hochhaus mitten in der Stadt. Nina, die bisher in einem kleinen Dorf gelebt hatte, fand alles sehr aufregend. Es wohnten ja so viele Menschen in dem Hochhaus. Nina kannte noch längst nicht alle.

Sie verbrachte viel Zeit damit, die Namen neben den Klingelknöpfen zu

studieren: Grasmüller, Bohne, Müller S., Müller M., Mond …

Welche Gesichter gehörten wohl zu welchen Namen? Nina fing an, die Leute im Treppenhaus oder im Aufzug zu fragen.

„Sind Sie vielleicht Frau Bohne?"

„Nein, ich bin Sabine Müller."

„Entschuldigung, aber Sie sehen aus, als würden Sie Herr Grasmüller heißen."

„Nein, ich bin Herr Mond. Wie heißt du?"

„Nina.“ Sie starrte den Mann an. Sein Name passte gut zu ihm, fand sie. Sein Gesicht war dick und rund. Ein richtiges Mondgesicht eben …

Eine Woche später traf Nina denselben Herrn wieder. Diesmal kam ihr sein Gesicht viel schmaler vor. Sie musste immer wieder hingucken und fragte sich, ob Herr Mond krank gewesen war. Diesmal traute sie sich nicht zu fragen.

„Vielleicht hat er einen Zwillingsbruder, der bei ihm wohnt“, meinte Viola, als Nina ihr von Herrn Mond erzählte. Viola war ihre Banknachbarin, und Nina war froh, dass sie so schnell eine Freundin gefunden hatte.

„Meinst du?“, fragte Nina.

„Kann doch sein.“ Viola beugte sich zu ihr herüber und wisperte ihr ins Ohr. „Du musst ihn beobachten.“

Nina nickte. Sie fand das alles sehr geheimnisvoll.

Drei Tage später traf Nina Herrn Mond erneut im Treppenhaus. Diesmal sah er noch dünner aus. Er ging ganz langsam, hielt sich am Geländer fest und blieb alle zwei Stufen stehen, um zu verschnaufen.

„Brauchen Sie Hilfe?“, fragte Nina besorgt.

„Nein … danke … alles in Ordnung … danke …“, antwortete Herr Mond.

Nina wartete, bis er hinter seiner Wohnungstür verschwunden war, dann stieg sie nachdenklich weiter die Treppe hinauf.

Nina ließ das alles keine Ruhe. Einige Tage später fasste sie sich ein Herz und läutete bei Herrn Mond. Doch niemand machte auf.

„Ob Herr Mond vielleicht gestorben ist?", fragte Nina ihre Freundin Viola.

„Vielleicht ist er auch nur verreist", meinte Viola.

Am selben Abend ging Nina mit ihrem Bruder Philipp auf den Balkon. In der Stadt sah man selten die Sterne, aber heute war der

Himmel ganz klar. Philipp zeigte ihr ein Sternbild, den Kleinen Bär.

„Und wo ist der Mond?“, fragte Nina und drehte suchend den Kopf.

„Der ist grad nicht da“, erklärte Philipp. „Wir haben nämlich zurzeit Neumond. Aber warte zwei Wochen, dann siehst du ihn wieder groß und dick am Himmel stehen.“

Nina überlegte. Der Mond war nicht da und Herr Mond machte auch nicht auf. Ob das wohl etwas miteinander zu tun hatte?

Auch in den nächsten zwei Tagen traf Nina Herrn Mond nicht. Erst am dritten Tag sah sie ihn wieder. Es kam ihr so vor, als sei er ein klein wenig dicker geworden. Als sie ihn am Ende der Woche vom Fenster aus beobachtete, wie er seinen Müll weg-brachte, wusste sie ganz sicher, dass er zugenommen hatte.

„Wir haben Vollmond“, sagte Philipp eines Tages zu Nina. „Wenn du willst, können wir ihn heute Nacht vom Balkon aus angucken."

„Machen wir", sagte Nina. Doch am Nachmittag lief sie die Treppe hinunter und läutete im vierten Stock an der Wohnungstür. Herr Mond öffnete sofort. Sein Gesicht sah kugelrund und gesund aus. Er strahlte sie an.

„Ich wollte nur mal sehen, wie es Ihnen geht", sagte Nina verlegen.

„Das ist nett von dir", meinte Herr Mond. „Danke sehr, mir geht's prima."

In der Nacht stand der Mond tatsächlich rund am Himmel – genau wie Philipp es vorhergesagt hatte. Nina lächelte. Sie schaute sehr lange in den Mond. Sogar von ihrem Zimmerfenster aus konnte sie ihn sehen. Es war Mitternacht, bis sie endlich in ihr Bett schlüpfte und einschlief.

„Hast du eigentlich herausgefunden,

ob Herr Mond einen Zwillingsbruder hat?“, fragte Viola am nächsten Tag.

„Nein, er hat keinen Bruder“, antwortete Nina. „Aber ich glaube, ich kenne jetzt sein Geheimnis.“

Die seltsame Jacht

Marco kniff die Augen zusammen. Schneeweiß lag die elegante Jacht im kleinen Hafen von Bolero, direkt neben dem Polizeiboot. Tagsüber war niemand an Bord der Jacht zu sehen. Aber nachts spielten sich dort geheimnisvolle Dinge ab – das hatten Marco und seine Freunde vom Bolero-Geheimclub seit einigen Tagen beobachtet.

So wie gestern. Lichter waren über das Bootsdeck gehuscht. Marco, Viola, Toni und Manu hatten im Schutz der Dünen gelegen, die Ferngläser dicht auf die Augen gepresst. Was hatten die Besitzer der Jacht zu verbergen? Warum sah man sie nie am Tage?

Mit diesem Schiff stimmte etwas nicht.

Da waren sich Marco und seine Freunde sicher. Zumal es in Bolero derzeit eine Serie von Einbrüchen gab. Philippo, der Dorfpolizist, nahm das Ganze zwar furchtbar ernst, war aber leider der faulste Polizist an der ganzen Küste. Wenn er nicht gerade schlief, suchte er ein Plätzchen, wo er schlafen konnte.

Der Bolero-Geheimclub übernahm den Fall. Marco zog die Flossen über, setzte Taucherbrille und Schnorchel auf. Er glitt in das warme Meer und kraulte zu dem geheimnisvollen Schiff. Kurz vor dem Boot tauchte er ab. Im hellgrünen Wasser erkannte er die Umrisse des Schiffes.
Er schwamm zum Heck der Jacht. Was war das? Ein kastenförmiger, schwarzer Gegenstand war an dem Schiff befestigt und trieb im Wasser. Er war länglich und mit einem dicken Schloss gesichert. Marco versuchte, es zu öffnen.

Plötzlich hörte er Motorengeräusche! Die See begann zu brodeln. Marco kraulte davon – das war knapp gewesen …

Erschöpft gelangte er zum Strand. Dort warteten die anderen Mitglieder des Bolero-Geheimclubs auf ihn. Marco berichtete ihnen, was er unter Wasser gesehen hatte.

„Vielleicht ein Versteck“, vermutete Manu. „Lasst uns die Augen aufhalten.“

Das taten sie. Rund um die Uhr beobachteten die Freunde das Boot. Auch in der darauf folgenden Nacht glitten wieder Lichter über das Schiff – wie Glühwürmchen, die sich im Dunkeln verirrt haben.

Am nächsten Morgen war in Bolero die Hölle los. In die Villa der reichen Señora Dolores war eingebrochen worden. Die dicke Señora schlug an die Tür der Polizeistation und versuchte, Philippo, die alte Schlafmütze, zu wecken. Als er endlich in der Tür stand, keifte sie los:

„Philippo, du Nichtsnutz! Während du schliefst, hat man mich beraubt.

Schmuck, Geld und das Bild von meinem geliebten Antonio sind weg! Unternimm endlich etwas! Schwing die Hufe, du fauler Esel!“

Marco, Viola, Toni und Manu kamen angerannt. Sie berichteten dem Polizisten von ihren Beobachtungen.

„Ja, ja, Kinder, schon gut“, wimmelte der Polizist die Kinder ab. „Erst einmal muss ich eine Liste schreiben, was alles gestohlen wurde. Danach werde ich eure Aussage protokollieren. Und dann muss ich davon eine Akte anlegen. Es soll ja alles seine Richtigkeit haben und …“

„Tu was!“, plärrte die dicke Señora Dolores.

Die Kinder sahen sich an. Hier verloren sie nur Zeit. Sie rannten zum Strand. Der Motor der weißen Jacht lief. Ein Mann stand an der Ankerwinde.

„Die wollen ablegen“, rief Viola.

„Ich habe eine Idee", stieß Marco hervor. Er weihte die Freunde in seinen Plan ein. „Haltet die Jacht irgendwie auf. Macht schnell!" Der Junge schlüpfte in seine Badehose, sprang ins Meer und kraulte auf das Schiff zu.

Viola, Toni und Manu liefen über den Steg zur Jacht.

„Hallo", rief Viola dem Fremden auf dem Schiff zu. „Warten Sie! Wir haben eine wichtige Nachricht für Sie!"

Der Mann sah die Kinder misstrauisch an. Die drei vom Bolero-Club verwickelten ihn geschickt in ein Gespräch.

Währenddessen hatte Marco die Jacht erreicht. Er tauchte hinab. Da war der schwarze Kasten! Marco schwamm weiter zum Polizeiboot. Er zog sein Tauchermesser, kappte die Leinen von Philippos Schiff und schnappte sich eines dieser Taue. Er holte tief Luft und verschwand erneut unter der Wasseroberfläche.

Eine Minute später war Marco wieder bei der Jacht. Blitzschnell band er das Tauende des Polizeibootes um die Ankerkette der Jacht. Er schwamm zu einer Leiter am Steg und zog sich hinauf. Seine Freunde erwarteten ihn bereits: „Alles klar?"

Marco reckte den Daumen nach oben: „Lasst uns Philippo holen."

Der Bolero-Geheimclub flitzte zur Polizeistation.

„He, Philippo, dein Schiff wird gerade geklaut!"

Der Polizist traute seinen Augen nicht.

Da stach die weiße Jacht in See, sein Schiff im Schlepptau!

„Skandal!“, brüllte er. „Wir brauchen Verstärkung! Einen Hubschrauber!“

Eine Stunde später wurde die Jacht gestoppt. In dem schwarzen Kasten fand die Polizei die Wertsachen der Señora Dolores und weiteres Diebesgut.

Die dicke Señora Dolores war überglücklich. Zur Belohnung spendierte sie dem Bolero-Geheimclub eine Riesenportion Eis. Mit Sahne.

Auch der faule Polizist Philippo war glücklich, weil er sein Boot zurückbekommen hatte. Er beschloss, sein Mittagsschläfchen künftig in einer Hängematte an Bord zu halten. Dann konnte wenigstens niemand mehr sein Schiff klauen.

Das Mitternachtspferd

Sarah winkte ihrer Mutter durchs Zugfenster zu. Sie freute sich. Endlich würde sie ihre Freundin Lisa besuchen!

Die beiden Mädchen hatten sich in den letzten Ferien kennengelernt und seitdem viele E-Mails hin- und hergeschickt. Jetzt hatte Lisa Sarah eingeladen – für ein ganzes Wochenende.

Sarah hatte lange überlegt, was sie Lisa mitbringen sollte.

Dann hatte sie ein Pferdebuch gekauft. Lisa liebte Pferde nämlich über alles und war eine begeisterte Reiterin.

Endlich hielt der Zug. Sarah suchte ihr Gepäck zusammen – einen kleinen Koffer und einen Rucksack – und kletterte aus dem Zug. Suchend sah sie sich um. Aber da standen schon Lisa und ihre Eltern! Sie entdeckten Sarah im selben Moment.

Das war vielleicht eine stürmische Begrüßung!

Lisa wohnte in einem kleinen Ort. Ihre Eltern hatten ein Haus mit einem großen Garten. Dahinter begannen Wiesen und Felder.

„Abends kann man dort manchmal Rehe oder Hasen beobachten“, sagte Lisa. „Aber jetzt komm, ich zeig dir mein Zimmer. Du schläfst bei mir.“

Die beiden Mädchen stiegen die Treppe hinauf bis unters Dach. Lisa führte Sarah

19 07

in ein Zimmer mit schrägen Holzwänden. Überall waren Pferdebilder angeklebt.

„Wie gemütlich!“, rief Sarah begeistert und ließ sich auf das Bett mit der bunten Decke fallen. Es war groß genug für zwei.

Nach dem Abendessen spielten Sarah und Lisa auf der Terrasse Tischtennis, bis es dunkel wurde.

„Zeit, ins Bett zu gehen“, meinte Lisas Mama dann. „Morgen ist auch noch ein Tag.“

Die beiden Mädchen liefen ins Badezimmer, putzten sich die Zähne und zogen sich zum Schlafen um. Dann sagten sie Lisas Eltern Gute Nacht.

Lisa und Sarah redeten noch lange miteinander, dann schlief Lisa ein. Sarah dagegen war noch überhaupt nicht müde. Sie schlüpfte aus dem Bett und schlich zum Fenster, durch das der Mond

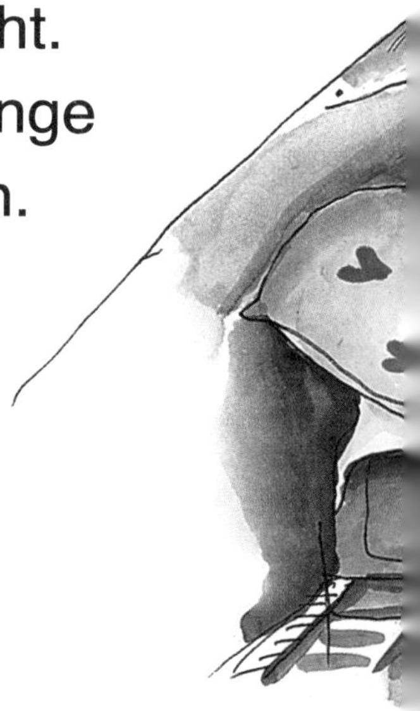

hereinschien. Ob draußen auf dem Feld vielleicht ein Hase oder ein Reh zu sehen war?

Plötzlich stockte Sarah der Atem. Auf der Wiese, mitten im Mondlicht, stand ein weißes Pferd mit einer langen Mähne. Sein Fell glänzte silbern. Es sah aus, als ob es aus einer anderen Welt kommen würde.

„Ein Geisterpferd“, flüsterte Sarah.

Mit einem Satz war sie wieder im Bett und rüttelte Lisa wach.

„Vor dem Haus ist ein Pferd“, wisperte sie aufgeregt. „Es sieht total gespenstisch aus.“

„Was ist los?“, murmelte Lisa verschlafen.

„Ein Geisterpferd! Schnell, beeil dich, sonst ist es weg.“ Sarah war ganz ungeduldig. Endlich kroch Lisa aus dem Bett und lief zum Fenster.

„Siehst du es auch?“, fragte Sarah und drängte sich neben sie. Das Pferd hatte sich kaum von der Stelle bewegt.

„Ich glaube, das ist Undine“, sagte Lisa, die inzwischen hellwach war. „Auf ihr bin ich auch schon geritten. Sie ist bestimmt vom Reiterhof ausgerissen. Das hat sie schon mal gemacht.“

Sarah fand ein ausgerissenes Pferd nicht weniger aufregend als ein Geisterpferd. Mit klopfendem Herzen folgte sie Lisa die Treppe hinunter. Ohne Jacke und barfuß liefen die beiden Mädchen ins Freie. Sie

umrundeten das Haus und nahmen den kleinen Pfad zur Wiese hinauf.

Ob es ihnen gelingen würde, das entlaufene Pferd einzufangen? Sarah war ganz aufgeregt. Ab und zu raschelte es neben ihr, und sie bildete sich ein, huschende Schatten zu sehen.

Eine Wolke hatte sich vor den Mond geschoben. Sarah hatte alle Mühe, sich im Dunkeln zurechtzufinden, während Lisa scheinbar ohne Probleme vorauslief.

Plötzlich blieb Lisa wie angewurzelt stehen. Sarah holte sie ein.

„Da“, sagte Lisa und deutete geradeaus. „Von wegen Ausreißerin!“

„Warum?“, fragte Sarah atemlos.

Weil der Mond gerade wieder hinter der Wolke hervorkam, sah sie es selbst:

Über die Wiese waren dünne, schimmernde Drähte gespannt – ein Elektrozaun.

Das weiße Pferd stand inmitten der Umzäunung und graste friedlich unter einem Apfelbaum.

„Der Elektrozaun muss heute Nachmittag aufgestellt worden sein, als wir dich vom Bahnhof abgeholt haben“, meinte Lisa.

Die beiden Mädchen liefen zum Haus zurück.

„Schade“, murmelte Lisa, als sie wieder nebeneinander im Bett lagen. „Jetzt kriegen wir doch keine kostenlosen Reitstunden. Die hätten wir nämlich bestimmt bekommen, wenn Undine tatsächlich ausgerissen wäre und wir sie zurückgebracht hätten.“

Doch Sarah war auch so zufrieden. Obwohl das Abenteuer harmlos geendet hatte, fand sie, dass es ziemlich spannend gewesen war. Ob die nächste Nacht wohl auch so aufregend werden würde?

Quellenverzeichnis

S. 9–17
Ulli Schubert, Zeltplatzmonster,
aus: ders., Leselöwen-Zeltlagergeschichten,
farbig illustriert von Irmgard Paule.
© Loewe Verlag GmbH, Bindlach 2005

S.18–27
Julia Boehme, *Die Baumhaus-Detektive*,
aus: dies., Leselöwen-Baumhausgeschichten,
farbig illustriert von Katharina Wieker.
© Loewe Verlag GmbH, Bindlach 2003

S. 28–35
Ulli Schubert, *Der falsche Polizist*,
aus: ders., Leselöwen-Polizeigeschichten,
farbig illustriert von Heribert Schulmeyer.
© Loewe Verlag GmbH, Bindlach 2006

S. 36–44
Beatrix Mannel, *Mogli, der Ausreißer*,
aus: dies., Leselöwen-Reitschulgeschichten,
farbig illustriert von R. Abe.
© Loewe Verlag GmbH, Bindlach 2004

S. 45–54
Sarah Herzhoff, *Aufregung um Cäsar*,
aus: dies., Leselöwen-Fohlengeschichten,
farbig illustriert von Julia Ginsbach.
© Loewe Verlag GmbH, Bindlach 2009

S. 55–62
Ulli Schubert, *Der Handy-Dieb*,
aus: ders., Leselöwen-Handygeschichten,
farbig illustriert von Christian Zimmer.
© Loewe Verlag GmbH, Bindlach 2003

S. 63–68
Angelika Mechtel, *Das Filzstiftmonster*,
aus: dies., Leselöwen-Schulklassengeschichten,
farbig illustriert von Brigitte Smith.
© Loewe Verlag GmbH, Bindlach 1993

S. 69–75
Marliese Arold, *Das Geheimversteck*,
aus: dies., Leselöwen-Geheimnisgeschichten,
farbig illustriert von Alex de Wolf.
© Loewe Verlag GmbH, Bindlach 1998

S. 76–83
Marliese Arold, *Der sagenhafte Schatz*,
aus: dies., Leselöwen-Geheimnisgeschichten,
farbig illustriert von Alex de Wolf.
© Loewe Verlag GmbH, Bindlach 1998

S. 84–91
Ulli Schubert, *Haltet den Dieb!*,
aus: ders., Leselöwen-Polizeigeschichten,
farbig illustriert von Heribert Schulmeyer.
© Loewe Verlag GmbH, Bindlach 2006

S. 92–99
Marliese Arold, *Herr Mond*,
aus: dies., Leselöwen-Mitternachtsgeschichten,
farbig illustriert von Julia Ginsbach.
© Loewe Verlag GmbH, Bindlach 2003

S. 100–109
Fabian Lenk, *Die seltsame Jacht*,
aus: ders., Leselöwen-Geheimclubgeschichten,
farbig illustriert von Eva Czerwenka.
© Loewe Verlag GmbH, Bindlach 2006

S. 110–120
Marliese Arold, *Das Mitternachtspferd*,
aus: dies., Leselöwen-Mitternachtsgeschichten,
farbig illustriert von Julia Ginsbach.
© Loewe Verlag GmbH, Bindlach 2003

Leselöwen

Mit den Erstlesebüchern der Reihe *Leselöwen* haben schon viele Kinder lesen gelernt. Schüler ab 7 Jahren entdecken ihre Begeisterung für Bücher und eigenständiges Lesen. Große Fibelschrift und bunte Bilder helfen ihnen dabei, den Inhalt leicht zu erfassen. Und bei der großen Auswahl an verschiedenen Themen findet jedes Kind spannende Geschichten, die es zum Selberlesen motivieren.

Loewe

Das magische Baumhaus

Reise an ferne Orte und in andere Zeiten.
Mit Anne und Philipp erlebst du Abenteuer bei
Rittern, Piraten, Dinosauriern und vieles mehr.

ISBN 978-3-7855-3591-2

ISBN 978-3-7855-3592-9

ISBN 978-3-7855-8295-4

ISBN 978-3-7855-8506-1

Loewe

Die Piratenschiff Gäng

Band 1
ISBN 978-3-7855-8248-0

Band 2
ISBN 978-3-7855-8249-7

Willkommen an Bord der Molly Popper,
dem verrücktesten Schiff der Meere!
Tim Buktu erlebt zusammen mit
Kapitän Barti Blu und der Piratenschiffgäng
Abenteuer, die sich gewaschen haben!

Loewe